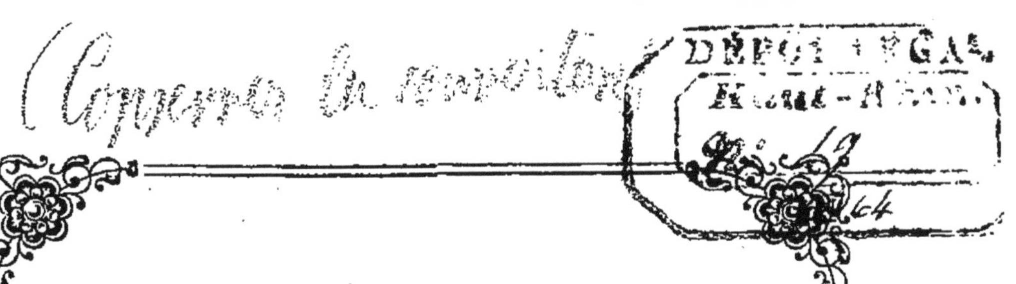

NOEL,

PAR

ANTOINE CAMPAUX.

COLMAR,
Imp. de CH.-M. HOFFMANN, imp. de la Préfecture.

1864.

NOEL.

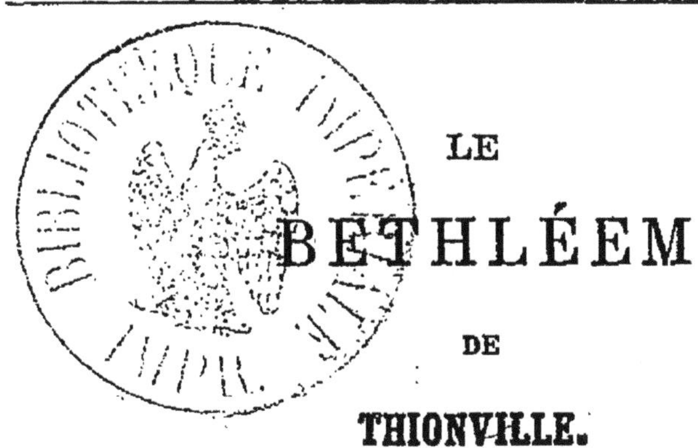

LE

BETHLÉEM

DE

THIONVILLE.

I.

Quel pâtre aux champs où son troupeau l'attache
Dans le sapin, du bout de son eustache,
A dégrossi ce monument naïf?
On ne le sait, mais avec l'humble lame
Sous cette écorce il a caché tant d'âme,
Il y respire un sentiment si vif,

Tant de candeur, une foi si brûlante,
Toute la scène enfin est si parlante
Qu'au seul aspect on se sent tout chrétien,
Comme il arrive à qui des cathédrales
Foule en passant les séculaires dalles,
Fût-il stupide ou ne crût-il à rien.

Comme toujours environnant la crèche
Où l'Enfant-Dieu, sur de la paille fraîche
Couché, vagit entre l'âne et le bœuf,
On voit la Vierge et Joseph et les Mages
Et les bergers, et portant ses hommages
L'auteur lui-même en sarrau bleu tout neuf.

L'étoile brille au faîte de l'étable :
A ses lueurs une foule innombrable,
Des quatre vents, comme en procession,
Au saint berceau pour faire sa prière
Vient à la file, et de la terre entière
Semble, sans fin, la députation.

Enfants d'Asie et d'Europe et d'Afrique,
En attendant les fils de l'Amérique,
Juifs, musulmans, brahmanes et payens,
Tout l'univers est du pélerinage ;
Tous se sont mis vers la crèche en voyage,
Impatients de s'enrôler Chrétiens.

Tous les états figurent à la fête :
Les rois d'abord qui s'avancent en tête
Et les soldats suivis des paysans ;
Puis, pêle-mêle, accourus sur leurs traces
Et déroulant par les chemins leurs masses,
A flots sans nombre un peuple d'artisans.

Vers Bethléem, comme jadis vers l'arche,
Femmes, enfants, vieillards, tout est en marche,
Malades même ; et l'on voit un mari
Qui sur son dos traîne dans une hotte
Sa femme infirme et doucement cahote
La pauvre vieille au corps endolori.

Oncques ne fut une pareille presse.
A voir aussi comme chacun s'empresse,
Les moins dévots se sentent embrasés.
Bref de ce rude et primitif ouvrage
Partout s'exhale un air de Moyen-Age
Qui vous reporte au vieux temps des Croisés.

Pour couronner le rustique édifice,
En souvenir du futur sacrifice,
La croix s'élève où doit monter un jour
L'Enfant divin, qui du palais des Anges
Vient de descendre et de vêtir nos langes,
Victime pure et sainte de l'amour.

Vis à vis Jean, au pied du bois infâme
Où l'Homme-Dieu, tout prêt à rendre l'âme,
A trois clous pend entre chaque voleur,
Debout la Vierge avec la Madeleine,
Sans voix, sans pleurs et presque sans haleine,
Semblent de loin deux marbres de douleur.

II.

Qui vient encor de nos jours à ta crèche,
Fils de Marie, et, lorsque l'on te prêche,
A ton nom courbe un front religieux ?
Qui ? Des enfants, des vieillards et des femmes,
Et çà et là quelques candides âmes,
Quelques naïfs qui se comptent entre eux !

Là se réduit le peuple qui t'adore !
Le reste hélas ! indifférent t'ignore,
Ou bien te nie et se rit de ta croix !
Assez longtemps de son ombre féconde,
Arbre sublime, elle abrita le monde ;
Elle n'est plus à leurs yeux qu'un vil bois,

Qu'un tronc pourri jusques dans ses racines,
Qui couvrira demain sous ses ruines
Ce qui lui reste encore de dévots.
Un coup de hache, un dernier, et l'idole
A bas s'écroule avec son auréole,
Sans éveiller de regrets ni d'échos.

De l'Avenir seule elle ajourne l'heure !
Qu'elle s'abîme et que son culte meure,
Inaugurons joyeux un dieu nouveau !
Bien trop longtemps ce Pendu sur nos têtes
Plana lugubre et contrista nos fêtes ;
Il est bien mort, qu'on le rende au tombeau !

O trouble affreux d'une époque de doute !
Est-ce donc vrai qu'il nous faut sur la route
Jeter au coin des bornes du Passé
Ces legs divins où Jésus mit son âme,
Ce testament dont chaque ligne enflamme
Et fond d'amour le cœur le plus glacé ?

Dans l'impuissance autrefois du Portique,
Ce qui debout remit le monde antique
Et rajeunit la vieille Humanité,
Ce qu'embrassa dans un moment suprême
Le genre humain las de Platon lui-même,
Ta croix, ô Christ, et ta divinité,

Ta croix hier encore si féconde
N'aurait plus rien à verser sur le monde,
Ton sang serait aujourd'hui sans vertu !
Comme une idole avec le temps usée,
Tu t'en irais parer quelque musée,
De tes autels à jamais abattu !

Pour te livrer à prix d'or et te vendre,
Judas exprès renaîtrait de sa cendre,
Plus hypocrite et louche que jamais,
Et, soi disant pour épurer ta gloire
Dont s'éblouit le regard de l'Histoire,
Du Dieu chez toi voudrait biffer les traits !

Après avoir dit au Christ anathème,
Ils ont du Ciel voulu chasser Dieu même.
Un homme alors, un fou mordu d'orgueil,
Un homme au loin jetant toute vergogne
S'est présenté pour faire la besogne,
Et t'a promis, Dieu vivant, au cercueil !

Sur le néant il veut de la justice,
Pauvre insensé, relever l'édifice
Et rebâtir la cité sans autel !
Renversement, rève incompréhensible !
Chose sans nom ! C'est tenter l'impossible,
C'est pis encor, c'est refaire Babel !

Pour comble, un autre encore plus impie,
— Dites moi, cieux, où ce crime s'expie
Et si jamais se vit tant de fureur —
Un autre, ô Christ, sur ta face adorable,
En rugissant, colle un masque exécrable,
Epouvantail de folie et d'horreur.

Eh bien non là, quoique le siècle dise
A ton sujet et qu'il se scandalise,
Quoi qu'il se montre au doigt partout les tiens ;
Malgré la haine ou publique ou cachée
Ainsi qu'un spectre à tes pas attachée,
Malgré surtout, malgré les faux Chrétiens,

Malgré tous ceux qui sur ton Évangile
En se signant versent à flots leur bile
Et de la croix d'où tomba le pardon,
Licteurs brutaux, font une arme maudite,
Qui d'une main jettent de l'eau bénite,
De l'autre vont brandissant le bâton ;

Malgré tous ceux qui poussent au blasphème,
Je le confesse ici tout haut, quand même,
Dieu de la Crèche et de Gethsémani,
Je suis des tiens, et c'est mon épouvante
Que de ce siècle aveugle qui s'en vante
Tu sois tout prêt à fuir comme un banni !

III

Malgré tous ceux qui t'osent méconnaître,
Reste avec nous, ne t'en va pas, ô Maître,
A qui le monde ira-t-il, si tu pars ?
A qui, dis-nous ? Vers la cité nouvelle,
Où l'Avenir à grands cris nous appelle,
Qui conduira tant de peuples épars ?

A bas entre eux jetant toute barrière,
Qui doit enfin sous la même bannière,
Qui doit du monde achever l'unité ?
Qui ? sinon toi, sinon ton Évangile !
Laisse-nous le, c'est le dernier asile
De la souffrante et pauvre Humanité !

Ah ! si tu pars, du haut de la Montagne,
Qui s'inspirant des fleurs de la campagne,
Des vils soucis prêchera l'abandon ?
Au lis des champs qui renverra l'avare ?
Qui maudira l'égoïsme barbare ?
Qui soufflera l'amour et le pardon !

Qui, les deux bras tendus vers la misère,
Recueillera des deux bouts de la terre
Les orphelins et les déshérités ?
Saisi pour eux d'une pitié suprême
Qui sur leur front entreverra Dieu même ?
Qui les tiendra dans son cœur abrités ?

Qui du malade aigri, sombre, farouche,
Sans le blesser retournera la couche?
A son chevet, comme de tendres sœurs,
Des saints autels, au travers de nos fanges,
Qui donc vers lui députera des anges,
Pour essuyer d'un doigt léger ses pleurs ?

Sur le gibet à son heure dernière,
Qui du larron écoutant la prière
Recueillera son suprême soupir?
Dans une larme à son cœur arrachée
Qui saura voir une vertu cachée,
Qui donnera le ciel au repentir ?

De Magdeleine à ses pieds éplorée,
Et de remords pauvre âme dévorée,
Qui recevra les parfums et les pleurs ?
Qui sans mépris à la Samaritaine
Tendra la main au bord de la fontaine ?
Du désespoir qui sauvera ses sœurs ?

Qui par la ville à la haine livrée
Et de carnage aux deux bouts enivrée,
Seul, désarmé comme un ange de Dieu,
Ira serein parmi les fusillades,
Et, de son sang teignant les barricades,
De la discorde étouffera le feu?

A son troupeau qui soudain prenant Jeanne
Fera de l'humble et douce paysanne
Pour sa patrie un saint libérateur?
Qui de Vincent consumant la grande âme
Réchauffera l'Univers à sa flamme?
Qui jusqu'au ciel égalera son cœur?

Pour nous servir encore de modèle,
A nos regards dans une chair mortelle,
Du haut des Cieux idéal descendu,
Qui devant nous marchera plein de grâce?
Qui nous fera retrouver sur sa trace
L'antique Eden par nos pères vendu?

O Christ, ô Maitre, ô Rédempteur, ô Juste,
Renouvelant pour nous ton rôle auguste,
Qui reliera l'homme à son Créateur,
La terre au Ciel ? Sur notre lèvre altière
Pour lui parler qui mettra la prière,
Si tu t'en vas, divin Médiateur ?

L'ENTERREMENT

DU

BON DIEU.

L'ENTERREMENT

DU

BON DIEU.

Un beau matin, ces Messieurs à la ronde,
Par circulaire, aux quatre coins du monde
Firent savoir qu'à telle heure, tel jour,
Pour en finir avec ce vieux mystère,
En grande pompe on porterait en terre
Le bon Dieu mort et passé sans retour.

Jadis sans doute à l'homme encor novice
Il avait pu, le Vieux, rendre service
Et tenir lieu de gendarme à la loi.
Croquemitaine ainsi prête aide aux mères;
Mais c'était fait de ces vieilles chimères,
Et la Raison déshéritait la Foi.

Un grand banquet à trente sols par tête
Sur le gazon couronnerait la fête,
Avec discours et toste accoutumé :
Banquet auguste, agape humanitaire
Dont le menu frugal, égalitaire
Serait de lard et de choux parfumé.

Pour prévenir d'avance tout encombre,
Car c'était chose à craindre dans ce nombre
De pèlerins de toute nation,
Par des sergents qui règleraient les places
L'ordre serait maintenu dans les masses,
Ni plus ni moins qu'à la Procession.

On partirait du parvis Notre-Dame :
Qu'on n'oubliât. Au jour dit, pas une âme,
Qui le croirait, ne fut au rendez-vous.
Ces Messieurs seuls à l'appel accoururent
Et sur la place exactement parurent,
Comme l'horloge achevait douze coups.

Aux quatre coins de la place, en vedette,
Ils eurent beau chacun, d'une lorgnette,
Au loin guetter s'ils verraient rien venir ;
Nul n'apparut ; vers eux d'aucune rue
Ne déboucha la plus humble recrue,
Et seuls entre eux il fallut repartir,

Sans avoir pu mener à fin la fête.
Peu fiers on pense et portant bas la tête
Ils ruminaient sombrement leur affront ;
Et, tout défaits de honte et de surprise,
Sur l'ignorance et l'humaine bêtise
Ils s'exclamaient en se frappant le front.

Qui l'eût pu croire ! Au siècle des lumières,
Quand le grand jour inondait les paupières
Et de la nuit dissipait les pavots,
Lorsque l'oubli de sa rouille livide
Rongeait l'autel, quand le Ciel était vide,
Dieu rencontrait encore des dévots !

Mais c'était bon du temps des Mastodontes !
Ils n'étaient pas au bout de leurs mécomptes.
Comme ils passaient par la place Maubert,
Une huée accueillit à la face
Les pauvres gens et courut sur leur trace
En formidable et farouche concert.

Roquets, enfants se mirent de leur suite
Et galamment leur firent la conduite ;
Tout le quartier derrière eux s'ébranla.
Chaque commère affilant bec et langue
Leur dégoisa sa plus verte harangue ;
Ce fut au loin un immense hola.

Sur la Montagne, au quartier des Ecoles
Ils espéraient trouver plus bénévoles
Accueil et gens : nouveau mécompte hélas !
Ils n'étaient pas à Sainte-Geneviève,
Que de rechef un nouveau chœur s'élève
De mille voix qui répétaient à bas !

Et tous les sept blêmes, défaits, sinistres,
Du Néant, à les voir, on eût dit les ministres,
Ou des hiboux en plein jour égarés,
Du premier jour soûls du métier d'apôtres,
Tout droit, serrés les uns contre les autres,
Sans savoir où s'en allaient effarés.

Sous l'ouragan de cris qui les exile,
Ils filaient doux implorant un asile,
En vain : nul seuil ne s'ouvrit à leurs pas.
Les mères leur trouvaient un air funeste
Et s'en sauvaient ainsi que de la peste,
En étreignant leurs enfants dans leurs bras.

Comme le soir tombait de la colline
Qui de Bicêtre en pente molle incline,
La ville enfin sur eux ferma ses murs ;
Et dans les champs, près de masures sombres
Qui projetaient sinistrement leurs ombres ;
Quelqu'un les vit rôder spectres obscurs.

La nuit alors illuminant ses voiles,
Au front du ciel avec cent mille étoiles,
En lettres d'or grava le nom de Dieu ;
Et palpitant ainsi qu'une paupière
Le sombre azur s'éblouit de lumière,
Comme à Noël la voûte du saint lieu.

« Je l'avais dit, soupira Mysticoque,
« Dieu n'est qu'un nom, mais cette sotte époque
« Ne peut encor s'en passer tout à fait.
« Laissons-le lui, de grâce, je vous prie,
« De l'idéal c'est la catégorie ;
« Et l'idéal, vous savez, est mon fait. »

« Mysticocus, Messieurs, est un faux frère,
Dit Polyphème en sacrant par son père,
« Et quelque jour il finira fort mal.
« Je gagerais qu'il sert encor la messe
« Et va parfois en cachette à confesse ;
« Il nous assomme avec son idéal.

Ame, idéal, Dieu, ciel, autant d'idoles,
Cria Panurge, autant de fariboles
A déloger du crâne des Humains.
Je ne crois, moi, qu'à la pure matière.
Tout hors de là n'est que farce grossière
A balayer aux bornes des chemins.

Théologien, niais et mythologue,
Trois qui font un, répartit Scatologue,
Absolument comme la Trinité.
La Providence est un rève de l'homme,
Un rève pur. A qui raisonne, en somme
Il n'est qu'un Dieu, c'est la Nécessité.

« Dieu, c'est le mal, écuma Brutagore. »
De ce blasphème effrayé l'air encore
Retentissait dans l'écho de la nuit,
Lorsque, du soir entonnant le cantique,
Le rossignol sous la voûte mystique
De son doux chant fit taire au loin tout bruit.

Et cependant qu'en longs soupirs de flamme
Seul et dans l'ombre il exhalait son âme
A tous les vents de la Création,
La terre émue en une chaste extase
Sentait passer dans son sein qui s'embrase
Le saint frisson de l'adoration.

Les cieux menaient leur éternelle ronde :
Dans les cités, au fond des bois, sur l'onde
Allaient mourant jusqu'aux plus doux échos ;
Et la planète aux lueurs argentées
Vêtissait tout de formes enchantées,
Et le sommeil pleuvait des airs à flots.

Le lendemain dans le ciel en attente
Quand le soleil, de sa vermeille tente
Jailli soudain, recommença son tour,
Et dévoilant la montagne et la plaine
Où frissonnait la matinale haleine,
De pourpre et d'or eut revêtu le jour,

Ce fut partout dans l'immense Nature
Un cri d'amour de toute créature
Vers le Dieu saint qui peuple l'infini :
Le flot frémit, la fleur donna son baume,
Et l'alouette exhala dans le chaume
Du frais matin l'hymne auguste et béni.

Et les enfants à la voix de leur mère
Disaient : saint, saint le nom de Notre Père,
Et que son règne arrive parmi nous !
Brutagoras, à cette heure, lui-même
N'y put tenir et d'un élan suprême
Tomba vaincu, mains jointes, à genoux.

www.ingramcontent.com/pod-product-compliance
Ingram Content Group UK Ltd.
Pitfield, Milton Keynes, MK11 3LW, UK
UKHW021035200726
13857UKWH00004B/1735

9 782012 975781